看故事學語文

看故事
學近義詞、反義詞

小公主大戰垃圾蟲

韋婭 著

新雅文化事業有限公司
www.sunya.com.hk

看故事學語文

看故事學近義詞、反義詞
小公主大戰垃圾蟲

作　　　者：韋婭
插　　　圖：ruru lo cheng
責任編輯：陳友娣
美術設計：何宙樺
出　　　版：新雅文化事業有限公司
　　　　　　香港英皇道 499 號北角工業大廈 18 樓
　　　　　　電話：（852）2138 7998
　　　　　　傳真：（852）2597 4003
　　　　　　網址：http://www.sunya.com.hk
　　　　　　電郵：marketing@sunya.com.hk
發　　　行：香港聯合書刊物流有限公司
　　　　　　香港新界大埔汀麗路 36 號中華商務印刷大廈 3 字樓
　　　　　　電話：（852）2150 2100
　　　　　　傳真：（852）2407 3062
　　　　　　電郵：info@suplogistics.com.hk
印　　　刷：中華商務彩色印刷有限公司
　　　　　　香港新界大埔汀麗路 36 號
版　　　次：二〇一七年十月初版
　　　　　　二〇一八年六月第二次印刷

目 錄

為閱讀升起風帆

每一位家長和老師，都希望看見孩子們從閱讀中，獲得飛速提升的寫作能力。可是，飯得一口口吃，詞得一個個學呀！那麼，寫作能力的提升，有沒有捷徑、有沒有方法呢——如何讓孩子既能快樂閱讀，又能訓練語文，二者兼而得之？

——韋婭老師說，有！

我常在學校邀請的寫作演講中，談及自己兒時的閱讀體會——喜歡做筆記、習慣寫日記，把偏愛的東西收藏在小本子裏……一切看似無意的小動作，成了自己後來水到渠成的書寫能力的扎實基礎。現在回憶起來，其實自己用的方法，不正是我們現在說的學習「捷徑」嗎？

是的，學習「有」捷徑，全在有心人。

我們常說，提升孩子的寫作能力，從閱讀開始，它是一個潛移默化的浸潤過程。閱讀，對於一個充滿好奇心的孩子來說，其實是一件最自然不過的事呀！興趣所在，何樂而不為？可是，當今世界人心浮躁，各種刺激感官的誘惑漫溢於兒童市場。眼花繚亂的萬象，給予閱讀文學帶來的衝擊是顯而易見的，「專注閱讀」似乎成了一件奢侈的事，需要人們來共同努力去維護了。

那麼好吧，讓我們一起攜手，為閱讀升起風帆。

知道嗎？寫作的根本問題，是「思維」的問題。我們常聽老師讓我們多「理解」多「領會」，那麼，我們如何將看到的內容，透過自己的思辨能力，把它說出來，把它變成筆下的文字，來展現你的能力呢？如何在讀完一本文學作品時，對故事有所感觸之際，忽想到，我怎麼會有了這許多的發現？當你沿着逶迤的故事小徑，走過光怪陸離或色彩繽紛的景觀後，你突然閃念：原來寫作並不困難，原來語文的技巧，詞章的傳遞，都在這一本本書頁的翻閱之後，竟水到渠成地來到自己的筆下了！

　　是誰發現了這個小秘密，並試圖將它送到你的手裏、你的眼裏、你的腦海裏呢？告訴你吧，是我們的坐在書本後面的小小編輯！想當年，閱讀，對於那個小小的我來說，是多麼吸引人的一件事！而如今，在你的閱讀中，也像是忽然有位小仙童翩然而至，落在你的肩旁，鼓勵你：好看嗎？想一想，說一說！

　　原來，文學作品的好看，不只因為它情節的起伏，更在於它引人入勝的字詞句章，還有你那透不過氣來的自己的思索！

　　讀一本小作品，獲三個小成效：學流暢表達、懂詞語巧用、能閱讀理解。

　　喜歡嗎？

韋婭

2017 年盛夏

語文小課堂（近義詞、反義詞篇）

老師，什麼叫近義詞？

小問號，所謂「近義詞」，顧名思義，就是指一組意義相近的詞語。比如「漂亮」和「美麗」、「把握」與「掌握」等等。

對啊，這些詞語的意思都差不多呢！那麼，在同一組近義詞裏面，我隨便選一個來用也可以嗎？

有些詞語即使是意義相近，使用時仍有些要注意的地方，不是說凡是近義詞都可以互相取代的。比如「成果」與「後果」都包含「結果」的意思……

我知道，「成果」帶有褒義，「後果」則帶有貶義！它們都可表示事情的結果，但「成果」用於好的方面，而「後果」則多用在壞的方面。至於「結果」，既可表示好的，也可表示不好的，所以它是中性的。

說得對。這也說明了近義詞有不同的感情色彩。此外，運用近義詞時，還要注意：

1. 詞義的輕重：「秘密」可指隱秘而不想讓人知道的東西；「機密」則指重要的秘密。相比之下，「機密」的程度較重。

2. 詞義的側重點：「愛護」側重於「護」字；「愛惜」側重於「惜」字。

3. 使用的對象範圍：「整理」的使用範圍較廣泛；「整頓」則多用於紀律、組織等等，使用範圍較狹窄。

原來近義詞有這麼多不同的地方，我們不可以隨便用呢！那麼反義詞呢，有什麼特別嗎？

「反義詞」，簡單來說，就是一組意義相反或相對的詞語。比如「大」和「小」、「生」和「死」、「動」和「靜」、「勝」和「敗」、「節約」和「浪費」等等。反義詞也有要注意的地方，有些詞語看起來像是一組反義詞，其實講的是同一個意思。

哦？還有這樣的啊？老師，可以請你舉例說說嗎？

當然可以。「勝」和「敗」是一組反義詞，如果說，在一場比賽裏，甲隊「大勝」乙隊，意思是甲隊贏了；要是改為甲隊「大敗」乙隊，其實意思也是說甲隊贏了。這裏的「大勝」和「大敗」並不是反義詞呢！

這真的很有趣呢！「大勝」和「大敗」這兩個詞語從表面上看，是用了「勝」和「敗」這組反義詞，其實它們的意思並不是相反的呢！那麼，每一個詞語都有它的反義詞嗎？

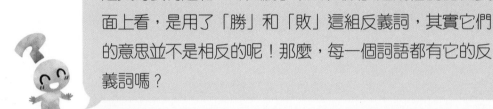

並非如此。漢語裏能找到反義詞的詞語，大多是名詞、動詞和形容詞。其他如助詞「的」、「地」、「得」，就很難找到反義詞了，對吧？

啊，是的。老師，我還想到一組詞語。「馬鈴薯」、「土豆」、「薯仔」這幾個詞語都可以互相取代，能不能說它們是近義詞呢？

準確一點說，它們是「同義詞」。它們指的都是同一件事物，意義相同，可以互相取代，只是不同地方的人會用不同的叫法，所以出現了這幾個同義的詞語。

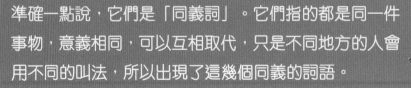

從另一個角度來看，「馬鈴薯」、「土豆」、「薯仔」這幾個詞語，還可以說是書面語和口語的分別，因而有不同的用詞。

啊，對呢！又好像「沙律」和「沙拉」，指的都是同一種東西，口語裏我們可以叫「沙律」，而書寫的時候又可以寫成「沙拉」。那麼，老師，近義詞和同義詞，哪一個的數量比較多呢？

有人認為同義詞裏面包括了近義詞，也有人認為近義詞裏面包括了同義詞。不管怎麼說，整體上，漢語裏的同義詞比較少，近義詞比較多。

明白了。接下來，我們一起去看故事，找找故事裏的詞語有哪些近義詞或反義詞吧！

提提大家，看故事的時候，可以留意故事裏用紅色和藍色標示的詞語，想想它們的近義詞或者反義詞是什麼。好了，現在就出發吧！

小公主大戰垃圾蟲

一 怪物老翁

如果在你的周圍忽然出現一個怪物老翁，他佝僂[1]身軀，賊頭賊腦，如一隻鬼鬼祟祟的野貓，左探右察，以迅雷不及掩耳之勢，突然昂首望天，做出一個令人不解的舉動，你會是什麼感覺？

你一定大叫着跳起來，哇！

什麼事啊？

這……對，現在這個人就在你眼前，不不，就在你不遠處。藍布衣衫，背着手，躬着腰，身體懶散地左搖右晃，像一隻獅子似地，走進了你的視野……

---

① **佝僂**：背部向前彎曲，駝背。粵音扣樓。

　　所有這些都是發生在劉茜茜約好友出遊的路上。站在劉茜茜身邊的，是一羣她最要好的同學仔，夕夕，薔薔，還有杜杜。平時在校，有太多事要做了，到了放假自然要放鬆啦。在手機裏她們是 WhatsApp 好友羣，在街上，她們則是一羣無憂無慮的小公主。

　　劉茜茜長相俊俏，平時伶牙俐齒，什麼事都看不過眼，絕不放過。她心直口快，卻又多愁善感，小伙伴們都很喜歡她。這不，復活節假日到了，大人有大人的友人相聚，孩子有孩子的快樂去處。小伙伴們約出來，打算隨興而遊，逛公園或看電影都行啊，若是正巧遇上了什麼令人開心的好事，那當然會皆大歡喜囉！

　　但是，沒想到，她們的眼前出現了這樣的一幕——

　　一個老頭子，哦，我們叫他怪物老翁吧，只見他踽踽獨行，東張西望，偷偷摸摸，行跡十分

可疑。他走了幾步，忽然在一個老舊的垃圾筒旁收住腳了。他朝着垃圾筒凝視片刻——他發現了什麼新大陸？

慢着！夕夕緊張地拉了拉劉茜茜的衣襟，朝目標人物呶了呶嘴，說：「看，那怪物老翁！」

大家都伸過脖子，緊張起來，停步而望，只見那怪物老翁，伸長脖子，仰天長嘯——不不，是大聲地一咳，震天動地的響聲——

喂，他想做什麼？

老翁朝垃圾筒的口子，猛地飛出了一口濃痰！

天哪！太惡心啦！太骯髒了！

小伙伴們好不震驚，尖叫起來。

啊呀，這絕對是一件不可接受的事！

近義詞

鬼鬼祟祟 → 偷偷摸摸
懶散 → 懶惰、懶洋洋

反義詞

無憂無慮 ←→ 憂心忡忡、憂心如焚
伶牙俐齒 ←→ 笨嘴拙舌
踽踽獨行 ←→ 成羣結隊
偷偷摸摸 ←→ 光明正大、明目張膽
骯髒 ←→ 乾淨、清潔

二 暗地追蹤

怪物老翁對身後發生的事，像是完全沒有感覺。是他對外界的反應，充耳不聞；還是他早已習以為常，我行我素？

老頭兒用大手掌把嘴巴一抹，有意無意地轉過身來，朝後面望了一眼，然後若無其事地，悠哉悠哉，一搖一顛，走了！

不行，不行，不行！

夕夕説：我們要警示他！

薔薔説：我們告他！

杜杜説：找食環署巡邏隊！

劉茜茜在手機上找食環署的電話，撥打過去。糟糕，錄音女聲説，請在辦公時間打來……現在是公眾假期……

夕夕在手機上找到資訊：「你們看，亂拋垃

坂，罰款一千五百元！」

薔薔高興了：「太好了，馬上捉住他，罰款！」

杜杜存疑：「他好像不是亂拋垃圾……」

劉茜茜義正詞嚴：「吐痰在廢屑箱、路邊坑渠，或者因缺紙而未能清理狗隻糞便，將垃圾投入路邊竹籮或紙盒……都叫作亂拋垃圾。一經定罪，必定罰款！」

大家興奮鼓掌。

杜杜說：「我們……忘了拍攝他！」

夕夕說：「跟上他，看他去哪裏？」

小伙伴們迅速向前追去。

遠處，那怪物老翁正在過馬路——他倒是守規矩，沒有闖紅燈。

馬路上，小巴大巴，有序前行。

「如果老翁不承認，怎麼辦？」夕夕擔心。

「那我們作證，他賴不掉！」薔薔說。

「或者盯住他，等他再犯，手機拍攝！」
杜杜說。

　　茜茜說：「其實，我們不是要捉他，是
要教育他！」

　　薔薔害怕了：「他會不會打人呢？」

　　正說着，只聽杜杜說：「看，那人！」

　　怪物老翁穿過馬路，正漫不經心[①]地朝西
而去。似乎世界上一切都不關他的事。他步履

蹣跚，一步一步向前而去，穿過街市，走過小道，
前面似乎是一些不規整的鐵皮木屋房子，老翁走
向最盡頭一間屋。

「是寮屋區②！」不知誰叫了一句。

- -

① 漫不經心：隨隨便便，不放在心上。
② 寮屋區：自一九四〇年代起，大量中國內地的移民來到香港，
　　　　　　非法搭建了很多簡陋的鐵皮屋、木屋等，這些建築羣
　　　　　　所在的區域稱為寮屋區。

反義詞

充耳不聞 ⟷ 洗耳恭聽
若無其事 ⟷ 煞有介事

近義詞

馬上 → 立即、立刻
義正詞嚴 → 理直氣壯
迅速 → 快速、急速、敏捷
教育 → 教導、教訓

三 計謀對策

劉茜茜忽然停步：「我們應該想個方法，令他反省——這才是我們的目標。」

那如何做呢？大家一時沒有主意。

忽然，夕夕靈機一動：「我們畫一張宣傳海報，寫出原由，貼在他的門前，如何？」

哈哈，這真是好主意！

大家議論開了——

「我那天經過旺角，亂拋垃圾的情況好多，尤其是亂貼街招！」

「電燈柱上，欄杆上，都成了免費廣告板啦！」

「街道旁的熟食檔，附近隨地可見竹籤、包裝袋、紙杯……」

「節日時，垃圾桶都塞得爆滿，也沒見有清

潔工清理⋯⋯」

「有人索性把垃圾棄於垃圾桶外。」

「為什麼不見食物環境衞生署的人員來巡邏呢？」

「光靠他們怎麼夠——如果人們都不自覺，那就太可怕啦！」

「是的，人不能自私，要自覺才好。」

「我們要愛護香港，這是我們自己的家呀！」

大家的表情嚴肅起來。

劉茜茜一推開家門，就看到讀社工的姊姊正在看報紙。她快樂地高叫：「家姐，今天不用去做義工嗎？」

姊姊是茜茜心目中的楷模，這位環保組織的志願者，假日幾乎很少休息。她揚了揚手裏的報紙：「政府公布都市固體廢物收費詳情，預計二〇一九年實施。我正在看這四款家居專用垃圾袋

呢！唉，現在每天有一萬多公噸廢物，一年可達五百五十萬公噸，當中 67% 是都市固體廢物！它們都會被棄置在<u>將軍澳</u>、<u>打鼓嶺</u>和<u>稔灣</u>三個堆填區，但這些地方也會在二〇一八年前飽和！知道嗎，<u>本港</u>人均都市固體廢物製造量為多少？」

<u>茜茜</u>皺起了眉：「多少？」

「一點三九公斤！」姊姊叫道。

嚇死人嗎……這數字？

「還有呢，」姊姊情緒有點激動，「你看，有間假日酒店開業才八年，現在竟然要申請拆卸重建商廈！這就嚴重浪費了大量資源、製造了大量固體廢物……」

姊姊憤怒地將報紙扔在地上。

近義詞

反省 → 檢討、反思
主意 → 想法、辦法
靈機一動 → 心血來潮
原由 → 原因、因由、起因
巡邏 → 巡視、巡查
楷模 → 榜樣、典範

反義詞

激動 ⟷ 冷靜、平靜、麻木
浪費 ⟷ 節省、節儉

四　旗開得勝

「減少垃圾的製造，才是真正應該從根本上做起的事！」茜茜說。

「對呀！」姊姊笑了，「與其制定收集固體廢物計劃，不如少製造固體廢物！」

茜茜素來最敬佩姊姊，不只是姊姊的勇敢及聰慧，更在於姊姊從我做起的律己行動。姊姊極為節省用水，她很注意循環使用家居污水，她的淋浴時間超短。「減少家居污水」是姊姊常掛在嘴邊的話。

見茜茜手裏拿着一堆彩色紙，姊姊好奇地詢問原由。於是，茜茜把遇見怪物老翁的事兒，一五一十地說了一遍。姊姊捂着嘴忍俊不禁，笑得前仰後合。

第二天，小伙伴們一早已在約定地點等了。

茜茜畫的宣傳畫，臨摹之外更有創新，那隨地吐痰的老翁，簡直與現實中的「原型」太像啦！

小公主們笑得喘不過氣來。

等車，過馬路。轉過街市，很快，前面就是寮屋區了。

時間尚早，路上行人甚少。四月的陽光溫暖和煦，晨風輕拂着人的臉龐。周圍靜悄悄的。一行人開始嘀咕^①，喂，你說，那怪物老翁是在家呢，還是不在？

在？不在？

大家你瞧瞧我，我瞧瞧你。須臾^②，大家忽而有了共識，齊齊地嚷道：最好不要碰到他！我們貼了就……跑！對對對！貼了就跑！

嘿！旗開得勝^③！她們互相鼓勵。

---

① 嘀咕：低聲說話，自言自語。
② 須臾：片刻，一會兒，指極短的時間。
③ 旗開得勝：比喻事情一開始就獲得成功。

腳步快起來。不知是為了早點趕到，還是為了早點離開。腳步刷刷。心有點跳。

到了。遠處有隱隱的狗吠聲，沒見人。

老頭兒出門了？快！

你舉起畫紙，我遞上膠貼。貼好了嗎？

好了，好了！

冷不防，一聲吼叫從天而降：「做什麼？啊，咳咳！」

這聲音突如其來，猶如橫空出世的閃電雷鳴，炸響在她們的耳膜上。

幾個女孩子嚇得魂飛魄散，尖叫起來，丟下手裏的東西，拔腿飛跑，猶如魂不附體的小野貓。

只聽得怪物老翁在身後哈哈大笑！

他望着那張宣傳畫，左看右看，一點也不惱。他大聲叫道：

別跑啦，小心跌倒啊，我改了好不好？

好不好——

近義詞

敬佩 → 佩服、敬愛、敬重、敬仰

聰慧 → 聰明、聰穎、聰敏

一五一十 → 原原本本、一清二楚

前仰後合 → 東歪西倒

旗開得勝 → 馬到功成

魂飛魄散 → 魂不附體

語文放大鏡：慎選近義詞

老師，我在這篇故事裏學到了很多近義詞呢！不過，有些詞語看似是近義，但我總覺得有點不妥。

哦？小問號，你發現了什麼問題呢？可以舉個例子說說看嗎？

就像故事裏提到，怪物老翁「**對外界的反應，充耳不聞；還是他早已習以為常，我行我素？**」「我行我素」這個詞，意思是指不管別人怎麼說，只照按自己的心意去做事。這有點像「剛愎自用」吧，意思是指性格倔強、固執己見，不聽別人的意見。但是細想之下，「我行我素」講的又好像沒有那麼差，跟「剛愎自用」好像是兩回事……

小問號，你的體會很好。「剛愎自用」一詞帶有貶義，如果我們說一個人「剛愎自用」，其實包含了批評、否定的意思。相對而言，「我行我素」可以說一個人不受外界影響，根據自己的意思行事，也可以說那個人不聽別人的話，視乎這個詞語用在什麼語境裏。

我明白了，這就是近義詞之間的微妙差別，我們寫作或說話時可要注意呢！

是的。採用的詞語帶有褒義還是貶義，就已顯示了你的立場。一些帶有肯定感情色彩的詞語，例如表示喜愛、讚揚、尊敬等，就表示它含有「褒義」；一些帶有否定感情色彩的詞語，例如表示厭惡、憎恨、貶抑等，就表示它含有「貶義」。至於那些沒有明顯的褒貶感情色彩，可以表示肯定，也可以表示否定的，則屬於「中性」。

所以，我們**要適當地選用詞彙，才能準確表達自己的思想感情**。對嗎？

說得對！除此之外，故事裏提到，怪物老翁「**賊頭賊腦，如一隻鬼鬼祟祟的野貓**」、「**東張西望，偷偷摸摸，行跡十分可疑**」。這兩句裏的「鬼鬼祟祟」和「偷偷摸摸」是一組近義詞。**恰當使用近義詞，可使文章的詞彙顯得豐富、多變，事物的形象更具體、生動。**

明白！要是用得不好，可要鬧笑話呢！

接下來，我們到「語文遊樂場」走一走吧！

語文遊樂場

一、 以下詞語的近義詞或反義詞是什麼？填在表格內，寫得越多越好。

詞語	近義詞	反義詞
例　鬼鬼祟祟	偷偷摸摸	光明正大、明目張膽
1. 充耳不聞		洗耳恭聽
2. 懶散	懶惰、懶洋洋	
3. 聰慧	聰明、聰敏	
4. 浪費		節省、節儉、吝嗇

二、在下面的近義詞中，選出適當的詞語，填在橫線上。

1. 附和　贊同

　　他的理由非常充分，說服力強，大家都一致＿＿＿＿＿＿＿

　　他的提議。

2. **武斷　果斷**

   新上任的局長不了解情況，卻＿＿＿＿＿＿地決定取消津貼，致使反對聲音四起。

3. **節儉　吝嗇**

   他從來不肯捐款做善事，更不會請客，卻樂於接受別人的饋贈，真是＿＿＿＿＿＿！

4. **鼓勵　鼓動**

   她已習慣夏天不開空調，只用電風扇，而且＿＿＿＿＿＿其他人少用空調。

三、 以下哪一項是作者寫《小公主大戰垃圾蟲》的目的？圈出代表的英文字母。

A. 說明小公主能夠戰勝垃圾蟲。

B. 帶出要注意環境衛生的信息。

C. 記述一個怪物老翁的日常故事。

D. 記述一個女孩教訓垃圾蟲的故事。

31

就怪那本英文書

一 杜鵑花開了

　　天氣涼了，窗外那棵大樹上的葉子，開始一片片地落下來了。可是，街心花園那邊的杜鵑花卻開得熱鬧，有紫紅的、桃紅的，還有奶白色的！

　　太美了！

　　一股清風從窗外吹進來，我聽見弟弟打了個好響的噴嚏：「阿七──嗯！」弟弟的聲音拖得長長的，怪怪的，像一隻啞了聲音的小公雞，我轉過頭來朝他望去，忍不住「噗嗤」一聲，笑出聲來：

　　「哈，細佬啊，像一隻小公雞哩！」

　　媽媽正踩在高椅子上，抹客廳的窗子。她聽了我的話，不由得笑了起來。星期天的家，與平

時到底是不一樣的，一家人都在，氣氛格外好。

　　弟弟順手從紙盒裏抽了一張紙巾，朝自己的嘴角邊抹了一下。他抬眼朝我瞪了一下，大約是怪我不該取笑他吧——哼，他就是這個樣子，被一家人寵慣了呢。

　　我才不理會他呢，我一邊說笑，一邊幫弟弟整理他的書包——雖然他已經上小一了，可是，他每天的課本書簿都是由我來收拾的。這起初是來自媽媽給予我的「美差」，後來則成了我自覺自願的行為了——反正已經習慣了，整理

東西真的是我好樂意做的事呢。我記着弟弟明天要上的課，要用的教科書⋯⋯咦，奇怪，怎麼找不到弟弟的英文課本了？

「咦，細佬的課本呢？」我小聲嘀咕。

這時候，媽媽從高椅子上，正小心翼翼地挪步下來，她朝爸爸望了一眼，吩咐道：「我看這天氣涼爽了，不如我們早點把厚棉被拿出來，趁着太陽好，曬一曬，好給孩子們換上，好嗎？」

爸爸「嗯」了一聲，可是，他的一雙眼睛卻像粘在手機上似的，捨不得移開。

你別以為爸爸不勤快哦，他可是個好人。平日他在地盤工作，日曬雨淋，爸爸好辛苦。媽媽總是對爸爸體貼有加，每每爸爸放工回家，就只管坐下來，等着媽媽開飯就是了。我的媽媽好能幹，照顧子女，一個人包攬了所有家務。到了周末，我爸爸會很主動地配合媽媽，幫着一起做家務呢。

反義詞

熱鬧 ⟷ 冷清、冷落、孤寂、清靜
勤快 ⟷ 懶惰、懶散
辛苦 ⟷ 輕鬆、快活、舒適

近義詞

給予 → 授予、賦予
嘀咕 → 喃喃自語、自言自語
小心翼翼 → 謹小慎微、戰戰兢兢

二 找不見英文書

瞧，爸爸開始發話了：「是啊，該換厚被子了，是那牀花條紋的嗎？哦，細佬最容易感冒了，我這就去從箱子裏取出來！」

說着，爸爸直起了腰，把手機往面前的茶几上輕輕一放，站起身來。

弟弟卻大聲地嚷嚷開了：「我才不怕冷哩！我不喜歡用厚棉被哦，不用啦！」說着，兩條小腿還在地上蹬了幾下。

我在一旁揶揄道：「哼，有本事啊？到時候感冒了，就別說不去上學啊！天冷了當然要換厚棉被。」

「不願意，不願意！」弟弟嚷道。

媽媽皺起了眉頭，說：「別吵啦，細佬你趕快溫習功課吧，明天還要默書呢！」

　　我繼續在弟弟的書包裏翻找，可就是找不到他的英文課本，我朝周圍掃了一眼，什麼也沒發現。於是，我朝弟弟扔去一個疑惑的目光，問道：

　　「細佬，你的那本英文書，放到哪兒去了？」

弟弟咬着鉛筆頭，朝我瞄了一眼，兩隻烏黑的眼睛轉了一下，答道：「不知道呀……」

　　他剛才不是還看過英文書嗎，一轉眼，書竟不知扔到哪兒去了！他總是這樣丟三落四，都已經是讀小一了，懂一點規矩好吧，像不像一個小學生啊？

　　我有點生氣了：「細佬，你剛才不是還看過書嗎，怎麼這本書現在卻不見影了呢？一定是你隨手亂放，塞到哪去啦？」

　　弟弟很不服氣，朝我瞪了一眼，顯出一副毫不示弱的樣子，大聲說：「怎麼是我亂放？都是你拿來拿去，還怪我呢！」

　　瞧，他竟然還賴人呢！

　　我氣惱地反擊：「又不是我的書，怎麼是我拿來拿去？」

　　我真的生氣了！弟弟他是在故意激怒我，是我方才取笑了他打噴嚏，引起他心裏不快。他總

是會耍鬼心眼，誰人不知——諾，先把書藏起來，然後來為難我，讓我兜兜轉，他呢，站在一旁看笑話！

近義詞

喜歡 → 喜愛

挪揄 → 取笑、嘲笑、嘲弄、挖苦、奚落

丟三落四 → 粗枝大葉、馬馬虎虎

生氣 → 氣惱、惱火、氣憤、憤怒

反義詞

疑惑 ←→ 肯定、信任、相信

示弱 ←→ 逞強

故意 ←→ 無心、無意、意外

不快 ←→ 高興、快樂、歡喜

三 玩了個小技倆

媽媽放下手裏的抹布，用一種帶有責備的口吻，對我説：「你不要一開口，就責怪細佬的不是，你是家姐呀！」

瞧，凡事都是弟弟對！好像我當姊姊的，就得遇事都得讓他三分，難道早幾年出世，就有錯了？就得永遠讓着弟弟……？我忍不住反駁道：

「是細佬不對！為什麼不應該批評他呢？」

弟弟見有人給他撐腰，就不再與我較勁了，臉上露出一副可憐狀，把聲音放

低了，嘟囔道：「我真的不知道書在哪裏哩，是不是你亂放呀，還來怪我。」說着，他朝我怯生生地看了一眼。

「你——」

媽媽瞪了我一眼，說：「你都已經是一個大女孩了，仍是跟細佬爭吵個沒完！細佬你不如自己去找--找書，書是你的，你應該學習自己管理啦！」

媽媽這話說得倒是有點在理了。

弟弟聽了，慢條斯理地「嗯」了一聲，站起身來，走進他的房間。

我無可奈何地繼續把弟弟的其他課本放進書包，把不用的書本擱在一邊。一抬頭，看見弟弟從他的房間裏抱了一本書出來，機靈地鑽進了我的房間。我正疑惑着，卻見他從我房裏跑出來，手上舉着一本書，口裏嚷道：

「在姊姊的房間裏，在姊姊的房間裏！」

我一下子就明白了，十分惱火地說：「我看見是你剛剛拿進我房裏去的！」

「沒有！」弟弟的聲音竟然比我更大！

媽媽喝止我道：「小英，不好隨便懷疑人的，要相信弟弟才對呀！」

爸爸也插話了，從他房門裏探出半個身來，說道：「一本書有甚麼好爭的，找不到就算了，小英你是姊姊，怎麼這樣不懂事？」

我氣惱地把弟弟遞過來的英文書，胡亂地往書包裏塞，心裏一酸，差點落下淚來。弟弟朝我擠了擠眼睛，那神氣簡直就像贏到一張免費<u>迪斯尼</u>門票，*得意洋洋*。

反義詞

責備 ⟷ 稱讚、誇獎
反駁 ⟷ 贊成、認同
怯生生 ⟷ 勇敢、大膽
慢條斯理 ⟷ 風風火火、迫不及待
機靈 ⟷ 呆板、笨拙

近義詞

喝止 → 制止、喝斥
懷疑 → 猜疑、猜忌、猜測
得意洋洋 → 沾沾自喜、自鳴得意

四 窗外溫暖的風

　　我悶悶不樂地走進自己的房間，用力地關上門。我對弟弟生氣，也對爸爸媽媽生氣，他們公正嗎，是不是有意偏袒弟弟呢？他分明在故意捉弄我，他比我年齡小，我就得一切由着他，就得讓我受委屈？

　　我越想越傷心，眼淚不由自主地落下來。終於，我伏在桌子上，哭了起來。

　　「小英，小英！」媽媽在叫我。

　　我不理她，我誰也不想理。

　　我聽到爸爸的聲音，他在質問弟弟：「是不是你自己把英文書隨便亂放了，然後卻推給家姐呢？」

　　「沒有哇！」弟弟的聲音。哼，分明是狡辯。

　　媽媽的聲音提高了：「細佬，自己做的事應

該自己承擔，那才是男子漢，不應推卸責任給別人哦！」

沒有聲音了。想必是弟弟在後悔了嗎？

我心裏動了一下。

爸爸忽然放低了聲音：「細佬，你有沒有冤枉家姐？你好好想一想，否則家姐怎會這麼傷心呢？」

媽媽的聲音也輕下來：「細佬，做錯了事就應該承認，如果是你的不對，讓家姐傷了心，你應該怎麼做？」

屋外靜了。

敲門聲，輕輕的，又輕輕的。「家姐⋯⋯」

我不作聲。

門輕輕地推開了。弟弟怯生生地走過來，囁嚅[1]着說：「家姐，對不起⋯⋯」

----

[1] 囁嚅：形容有話想說但又不敢說，吞吞吐吐的樣子。粵音接如。

我依舊不吭氣①。

弟弟挨近我,在我耳邊低語:「家姐你看呀,窗外的杜鵑花開了,一叢一叢……」

他是在背我逼他背書的一段內容!弟弟呀,你真叫我哭笑不得哩!我努力憋住笑,抬起頭來

① 不吭氣:不出聲。

朝他恨恨瞪了一眼。弟弟的臉紅紅的——他可真像一隻小公雞！

雖然方才我責怪了爸爸媽媽，但此刻我心裏暖融融的：我有世界上最好的爸爸媽媽，還有一個最頑皮、又最懂事的小弟弟哩！

窗外的風仍然颼着，但是卻那麼清潤。瞧，遠處那片紅杜鵑，開得比往日更加燦爛了……

近義詞

悶悶不樂 → 愁眉苦臉、鬱鬱寡歡
公正 → 公平、公允
偏袒 → 袒護、包庇
不由自主 → 情不自禁、身不由己

反義詞

承擔 ⟷ 推卸、推辭、推卻
承認 ⟷ 否認、抵賴
暖融融 ⟷ 冷冰冰、冷颼颼
頑皮 ⟷ 乖巧

語文放大鏡：相對而言的反義詞

 老師，你在前面提過，反義詞就是一組意義相反或相對的詞語。這「相反」和「相對」，該怎麼理解呢？

 小問號，反義詞可以分為「絕對反義詞」和「相對反義詞」。你看，「真」和「假」這組詞語的意義是互相排斥，處於對立位置的，它們就是「絕對反義詞」。其他例子還有「生」和「死」、「有」和「無」等等。至於「相對反義詞」，它們不是矛盾、對立的關係，也沒有明顯的區分界限，只是在互相比較之下，它們的意思是相反的，例如「高」和「矮」。

 故事裏寫道，姊姊小英「有一個最頑皮、又最懂事的小弟弟」，當中的「頑皮」和「懂事」可以說是反義詞嗎？

是的，說到「頑皮」的反義詞，可能會先想到「乖巧」，但在這個故事裏，「頑皮」和「懂事」也可以是反義詞。「頑皮」是指人愛玩愛鬧，不聽勸導。就像故事裏的弟弟捉弄姊姊，開始時不肯認錯，於是說他「頑皮」。後來，弟弟主動向姊姊道歉，這就表現出他明白事理，有「懂事」的一面。「頑皮」和「懂事」並不是絕對對立的，兩者之間也沒有明顯的分界線，只是相對而言，彼此的意思相反。

哦，我明白了。老師，我還在故事裏發現一組有趣的詞語。頑皮的弟弟使姊姊「**真的生氣了**」、「**十分惱火**」，而且「**氣惱地反擊**」，這裏的「生氣」、「惱火」和「氣惱」都是近義詞。至於它們的反義詞，說是「高興」，好像沒錯；說是「冷靜」，好像也說得通，到底哪個才是它們的反義詞呢？

反義詞不一定只有一個，而且要視乎語境，看它是用在什麼情況之下，才能準確判斷。「生氣」可以理解為因為不合心意而不高興，所以說它的反義詞是「高興」。另一方面，如果某個人遇到不合心意的事情，仍能夠平靜、冷靜地面對，不會生氣，那麼「平靜」、「冷靜」可以說是「生氣」的反義詞。

明白！也就是說，我們在學習和運用詞語時，要注意語境，選擇恰當的詞語，而不是生硬地記住誰跟誰是近義詞、反義詞就行的。

不錯！我們不但要恰當運用詞語，而且要懂得靈活運用。接着，就到考驗你詞語運用的時候了，一起到「語文遊樂場」看看吧！

語文遊樂場

一、選出以下詞語的反義詞，填在橫線上。（可選多於一項）

勃然大怒	掉以輕心	興高采烈	膽大包天
無畏無懼	馬虎	失落	垂頭喪氣	粗心大意
	沾沾自喜	鬱鬱寡歡	高興	疏忽	沮喪

1. 氣惱　反義詞 ＿＿＿＿＿＿＿＿＿＿＿＿

＿＿＿＿＿＿＿＿＿＿＿＿

2. 膽怯　反義詞 ＿＿＿＿＿＿＿＿＿＿＿＿

＿＿＿＿＿＿＿＿＿＿＿＿

3. 得意洋洋　反義詞 ＿＿＿＿＿＿＿＿＿＿＿＿

＿＿＿＿＿＿＿＿＿＿＿＿

4. 小心翼翼　反義詞 ＿＿＿＿＿＿＿＿＿＿＿＿

＿＿＿＿＿＿＿＿＿＿＿＿

二、以下各組詞語是近義詞，還是反義詞？填在括號內。

例　悶悶不樂、愁眉苦臉 → （　近義詞　）

1. 一石二鳥、一箭雙鵰 → （　　　　　　）

2. 門可羅雀、門庭若市 → （　　　　　　）

3. 獨佔鰲頭、名落孫山 → （　　　　　　）

4. 丟三落四、粗心大意 → （　　　　　　）

三、 你看完《就怪那本英文書》之後，有什麼感想？試寫在
　　 橫線上。

1. 我覺得故事中的姊姊＿＿＿＿＿＿＿＿＿＿＿＿＿＿＿

　＿＿＿＿＿＿＿＿＿＿＿＿＿＿＿＿＿＿＿＿＿＿＿＿

2. 我覺得故事中的弟弟＿＿＿＿＿＿＿＿＿＿＿＿＿＿＿

　＿＿＿＿＿＿＿＿＿＿＿＿＿＿＿＿＿＿＿＿＿＿＿＿

3. 我最喜歡的故事內容：＿＿＿＿＿＿＿＿＿＿＿＿＿＿

　＿＿＿＿＿＿＿＿＿＿＿＿＿＿＿＿＿＿＿＿＿＿＿＿

神秘的禮物

一　一對好朋友

　　在一個充滿幻想的年代，誰不珍惜自己的友情呢？你可以在友情中歡笑，可以在友情中傾訴，可以快樂地浸潤在友情的雨露中，無憂無慮地成長。

　　何嵐嵐就是這樣一個女孩子。她有一個無話不談的好朋友，她們是從幼兒園起，一起玩到大的，她就是黃曼曼。在周圍人的眼裏，她們是不可多得的一對閨中密友。你看吧，嵐嵐和曼曼，一個瘦高高的，一個胖乎乎的；一個黑黑眉毛瓜子臉，一個紅潤面容圓圓臉——哦，說起來，她倆的外形長相可真叫不同。而她們的性格，更是全然不同的呢！喏，一個愛說愛笑，似乎有點不

拘小節，一個輕聲細語，遇事總是害羞有點內向；曼曼像個大姐姐般敢說敢為，嵐嵐卻像個小妹妹般溫柔可人。而她們都有各自的藝術天分：嵐嵐跳起舞來舞姿裊娜，曼曼唱起歌來優美動人。學校的表演舞台上，哪兒少得了她倆的身影！難怪人們都說，這兩個形影不離的小女孩，情同手足，雖然不是孖生的雙胞胎，卻勝似親生的兩姊妹呢！真是羨煞旁人。

是的，對嵐嵐來說，曼曼就是她最親密的人，有個什麼小秘密，一定先跟她説——這可是連媽媽也享受不到的甜品呢！

就是這樣的一對好朋友，現在，命運突然朝她們亮起了紅燈：該分手啦！

哦，你不要誤會，她們並沒有吵架，也沒有碰到什麼事而忽然「鬧翻」，而是嵐嵐忽然得到消息，曼曼一家要移民去美國了！

曼曼當然要跟着家人一起走，一起走呀⋯⋯

反義詞

珍惜 ←→ 鄙棄、糟蹋、浪費
無話不談 ←→ 沉默寡言、一言不發、張口結舌
不可多得 ←→ 多如牛毛、比比皆是
不拘小節 ←→ 謹小慎微、小心翼翼、錙銖必較
形影不離 ←→ 形單影隻、視同陌路
親密 ←→ 生疏、疏離

二 叮噹的夏日

現在，擺在曼曼面前的是什麼呢？

誰叫她們是女孩子呢，除了掉眼淚，她們什麼也做不了。

暑假就要來臨了，天氣越來越悶熱了。而近來的天氣，一時天陰，一時狂風，一時風和日麗，一時黃雨警告。這古怪的天象！

曼曼說：沒關係，我可以回香港來看你。

嵐嵐說：沒關係，我可以到美國去旅行。

曼曼抹去了眼淚，一揚眉，笑了。

嵐嵐擦淨了臉頰，一眨眼，也笑了。

兩個女孩子依依不捨，在機場告別了。

向穿越白雲的飛機行完最後一眼注目禮，嵐嵐木然①地踏出了機場，她滿眼淚光，忽然感到

---

① 木然：表情呆滯，不知所措的樣子。

嘗到了人生的滋味，低頭歎了一口氣。

日曆就這樣翻過去了，一頁，又一頁。

轉眼，三年了。

三年中，她們沒有中斷聯繫。當然不會。電郵中的悄悄話，照片中的笑臉，一通電話打過去，大家仍在一起呀，是吧？

雖然能看到對方的樣子、能聽到對方的聲音，但是她們彼此都知道，這畢竟是手機，是電郵，是紙頁。她們心裏都明白，在她們之間，隔

着遙遙的距離，就像所有遊戲中的虛擬世界一樣，她們不也在幻覺一般的思念中嗎⋯⋯

嵐嵐是多麼想念她們曾經共處的日子，那些摸得着與看得見的真實，那些屬於那個遙遠的曼曼也屬於嵐嵐她自己的小小童年。

忽然，手機上跳出幾個字：嵐嵐，我將要回香港啦！

嵐嵐眼前一亮：真的嗎，曼曼？

是呀，今年暑假，我們全家會返香港探親！

我的嫲嫲九十歲大壽呀！嵐嵐彷彿看到了曼曼那眉開眼笑的臉龐。

是呀，有什麼比這消息更令人快樂呢，在這叮噹的夏日！

這一夜，嵐嵐的心口像揣了一隻兔子，蹦着跳着，開心得睡不着。曼曼將要回港的消息，消解了她昨天在考試失敗的懊惱。見了面，她們一定會有一次同學的聚會，一定會再邀請曼曼表演獨唱，曼曼還是像夜鶯一樣，繼續在練習聲樂嗎？

等待重逢的一天早點到來，日子忽然變得漫長了。

近義詞

悶熱 → 炎熱、酷熱
古怪 → 奇怪、稀奇、奇特
依依不捨 → 難捨難分
虛擬 → 虛構
眉開眼笑 → 笑顏逐開、眉飛色舞、歡天喜地
揣 → 藏　　　懊惱 → 懊悔　　　漫長 → 長久

三 盼望與等待

真可謂「天有不測之風雲」吧，就在暑假即將來臨之時，嵐嵐突然收到曼曼的短訊──原諒我，她說，她因故不能返港了……

哦，曼曼，曼曼，你到底是怎麼了！

曼曼說，她因為要參加學校的一個重要活

動，所以，不得不取消跟家人一起回香港的計劃了。

嵐嵐突然激動起來，把手機往牀上一扔，情緒一下從高處跌落下來。

為什麼？她百思不得其解，有什麼重要的事兒，能比我們分離三年後的重聚，更重要嗎？嵐嵐感到自己的眼淚就要出來了。也許媽媽說得對，世間的一切都會變化的，我們要學習接受。那會兒，她認為媽媽是為了勸說送機後不斷哭泣的自己，才說了一番只有大人才會說的話，但是此刻，嵐嵐像是忽然明白了。也許，這是真的，事物是動態的，人是在變化的。

曼曼在美國有自己的發展呀，曼曼應該有新的最要好的朋友啊。嵐嵐抱着雙肩，倚在窗子旁，望着陰鬱的天空，一顆心漸漸地沉下去。

我給你帶了一份神秘的禮物，托我的哥哥交給你！曼曼說。

記着哦，一定！曼曼又補充了一句。

曼曼好像在安慰自己的好朋友。她的語氣是那麼興奮，她好像並沒有一點類似嵐嵐的傷感，還有深深的失落。

禮物……

嵐嵐淡淡一笑，曼曼是不會看到的。她在短訊裏選了一個優雅的微笑，手指一彈，輕輕地發了過去：謝謝你，曼曼。

她覺得自己的眼淚快要掉出來了，對方是不會知道的。她的期待是這麼濃烈，她的失望也如此凝重。她感到深深的失落，她要把這種情緒扔掉，不想讓它影響了好朋友。

以後還有機會的呀。嵐嵐說道，她是在故作輕鬆。

聖誕節！記得嗎，你說的，計劃與媽媽一起跟旅行團來美國？曼曼依舊好興奮。

是呀是呀。媽媽答應了我的！於是，嵐嵐也

高興了。

　　瞧，我們有很多機會見面，不是嗎？<u>曼曼</u>又在安慰她了。

　　好啦，知道啦！<u>嵐嵐</u>笑了。

　　友情令她們彼此了解，心照不宣。

反義詞

重要 ⟷ 次要、普通
分離 ⟷ 重聚
陰鬱 ⟷ 明朗、清朗

近義詞

優雅 → 優美、文雅、典雅
興奮 → 高興、振奮
答應 → 同意、准許、應允、允許
心照不宣 → 心領神會、心中有數

四 禮物駕到

與曼曼的哥哥約好了，在地鐵站近出口的恆生銀行等禮物。到處是人，熙來攘往，車水馬龍。外面是炎熱的夏天了，地鐵裏的通道內，倒是涼風習習。

嵐嵐有意錯開車次的繁忙時段，站在一邊，仍見着到處人頭湧湧，摩肩擦踵。

嵐嵐比預定時間提早了十分鐘。曼曼的哥哥，嵐嵐以前沒見過。對方說，他會準時到的。此刻，嵐嵐有些焦慮，好像每一分鐘都很長。她無所事事地挪着步子，左顧右盼。心下思忖着，曼曼她究竟會從美國帶給自己什麼樣的禮物呢，如此神秘，她哥哥竟在短訊裏一字不提？

又一班地鐵到了，人流有序地湧出站口。

忽然，一個好聽的聲音從天而降，如雷貫耳：

嵐嵐，你的禮物到啦！看吧！

熟悉的，疑惑的，不可思議的，怎麼了……嵐嵐吃驚地轉過身來——

她簡直不敢相信自己的眼睛了！

眼前，站着一個妙齡少女，她竟然是——曼曼！

一聲尖叫，從嵐嵐的喉嚨裏發出，她不敢相信眼前的事是真的，曼曼你的玩笑開得太大啦！你這是幹什麼呀！你要嚇死我呀，你為什麼這樣啊……

她打起她來，她抱着她不肯放，她幾乎要哭出來了！

曼曼大笑起來，路人都投過來驚訝的目光。

這是我一直守在心裏的秘密啊，哈哈……

哎呀，你真是太壞了，太壞了，太壞了！嵐嵐除了這句話，什麼也說不清啦！

我太興奮了，你知道嗎，我昨夜一晚都睡不

着！曼曼抹去落在腮幫子上的淚滴，歡喜地說。

嵐嵐明白了，曼曼同自己一樣，她們是如此地思念着對方！

一份如此馥郁①的友情，在兩個少女的身上展開。要送給自己的好朋友一場驚喜，不也要忍耐和毅力、還有智慧嗎？這也是付出呀！曼曼為自己從遙遙的期盼，到為見到好朋友而設計的成功，感到無限的快樂。

曼曼啊，謝你送給我這份最好的大禮物哩！

夏日的細雨，像母親的親吻，輕輕地灑落在兩個女孩子的臉上。

近義詞

熙來攘往 → 車水馬龍、人頭湧湧、摩肩擦踵

焦慮 → 焦急、着急

思忖 → 思考、尋思、琢磨

不可思議 → 難以想像、出乎意料

驚訝 → 驚奇、詫異、訝異

思念 → 想念、掛念、牽掛

期盼 → 盼望、等待

---

① **馥郁**：原指香氣濃厚，這裏指友情深厚。

語文放大鏡：近義詞的不同之處（一）

老師，之前我們談過近義詞的不同之處，除了詞語之間的意思有差別，還有感情色彩方面有褒義、貶義的分別。可是，如果有一組近義詞同樣帶有褒義，或者同樣帶有貶義的話，那我怎麼區分它們呢？

小問號，我們在故事裏找個例子來說說吧！在故事裏，嵐嵐知道好友曼曼不能從外國回港，「**她的失望也如此凝重**」。「失望」的近義詞有哪些呢？

「灰心」、「絕望」！

對！「失望」和「灰心」的程度比較接近，也比較輕，表示失去了希望，意志消沉。而「絕望」是指希望斷絕，毫無希望，程度比「失望」和「灰心」嚴重多了。這就是近義詞的詞義在程度上有輕重之分。

確實如此！不過……老師，我在故事裏找到另一組近義詞，它們的詞義好像沒有程度輕重之分呢！就好像故事裏描述地鐵站裏「**到處是人，熙來攘往，車水馬龍**」、「**站在一邊，仍見着到處人頭湧湧，摩肩擦踵**」。這裏的「熙來攘往」、「車水馬龍」、「人頭湧湧」、「摩肩擦踵」都是近義詞，該怎麼解釋它們的不同之處呢？

67

看故事學近義詞、反義詞

我們先來看看這組近義詞的共同之處。它們都是用來形容什麼的呢?

它們都可以形容熱鬧、擁擠的情況,有的是人多,有的是車多。

說得好,你已經發現它們的不同之處了,就是它們的側重點不一樣。「熙來攘往」側重於人流的來去;「車水馬龍」側重於車流不絕的情況;「人頭湧湧」側重於人的數量;「摩肩擦踵」的「踵」指腳跟,它側重於人與人的觸碰。

是啊,類似的詞還有「紛至沓來」、「絡繹不絕」等等,都是形容人多、熱鬧的場面!

小問號,你的反應真快!接下來我再給你一些考驗,一起到「語文遊樂場」逛逛吧!

好的!

語文遊樂場

一、選出適當的詞語，填在橫線上，使句子意思完整。

1. 張媽媽因為女兒事業有成而十分自豪，常常在鄰居面前對女兒_____。

   A. 讚不絕口　　　B. 拍案叫絕

   C. 評頭論足　　　D. 說三道四

2. 不少校友趁開放日時回校，與昔日的同學和老師聚舊，禮堂裏一片_____。

   A. 高談闊論　　　B. 握手言歡

   C. 談天說地　　　D. 歡聲笑語

3. 自從他迷上了電子遊戲機後，成績_____，使父母非常生氣。

   A. 江河日下　　　B. 一瀉千里

   C. 一落千丈　　　D. 一蹶不振

4. 不久前我們家領養了一頭可愛的小狗，自此妹妹和小狗_____，去哪裏都要在一起。

   A. 依依不捨　　　B. 若即若離

   C. 情深似海　　　D. 形影不離

二、 以下哪個詞語與句子中藍色的詞語意義相近？圈出代表的英文字母。

1. 他雖然年紀輕輕，但憑自己發明的機器人在國際賽事中奪冠，這種人才真是**不可多得**！

   A. 不可勝數　　　　B. 如數家珍

   C. 屈指可數　　　　D. 空前絕後

2. 我仍記得你在我最困難無助的時候，向我伸出援手，**濟困扶危**，真叫人感動。

   A. 錦上添花　　　　B. 雪中送炭

   C. 見義勇為　　　　D. 一擲千金

三、 以下哪句話最能概括《神秘的禮物》的主題？圈出代表的英文字母。

A. 一個叫曼曼的女孩收到了一份禮物。

B. 一個叫嵐嵐的女孩送出了一份禮物。

C. 一對好朋友感情深厚，她們的友情經得起考驗。

D. 一對好朋友在見面時，不約而同地送禮物給對方。

媽媽在街口等我

一 相約去宿營

今天放學的一路上，我想着的，就是要跟阿媽說這件事。

晚飯時，見阿媽心情還不錯，放下碗筷，我把準備好的表格，從書包裏掏出來，湊到阿媽跟前，說：「阿媽，社區中心要搞一個宿營活動，我想去參加呢！」

阿媽朝我手裏的表格瞟了一眼，皺了皺眉，說：「這類活動……參加的人又多又雜，互相並不熟悉。」說着，她立起身來，收拾桌子，隨口又加了一句，「阿琳，不要去湊熱鬧啦！」

這怎麼是湊熱鬧呢？人家這叫，這叫開闊視野嘛，哼！

71

我瞪了阿媽一眼，瞧她一副心不在焉的模樣！

不要緊，我是有備而來的！我把早已在肚子裏打了腹稿的理由，一條條搬出來：

「媽，人家<u>小艾</u>和<u>珊珊</u>都去呀，我同她們在一起，我有同伴的呀！」

阿媽轉過臉，瞧了我一眼，用愛惜的語氣說：
「阿琳呀，你還小啊，什麼都不識，阿媽不會讓
你去的⋯⋯」

我一急，差點要哭出來，我一扭身，不理睬
她了。

阿媽見狀，不由得停下手，停了一會才說：
「你，你同誰一起去，幾個人⋯⋯？」

她的話未落音，我整個人已經跳了起來：「多
謝啦，阿媽！我們好幾個，好幾個呢！」

我即刻跑上樓，拿起電話就同小艾嚷開了：
「我阿媽同意我去宿營啦，你呢你呢？」我洋洋
得意。

小艾的聲音卻是乾巴巴①的：「嗯，我阿媽
讓我去，但我阿爸卻反對，不贊成啊，還說就算
有同學一起去，都不會同意的，太小啦，怎麼懂

---

① 乾巴巴：這裏指沒有生氣。

73

得自己照顧自己……」

小艾悔氣極了。

我怕阿媽聽到我說話，連忙把房門掩上，悄聲問：「你再求一下你阿爸嘛，或許有轉機？」

「我阿爸這個人啊，唉，沒有商量的餘地。阿爸竟然說，除非他們也跟着去……可是宿營這天，爸媽都要去大陸辦貨，根本就沒機會……」小艾洩氣地說，「再說，如果他們一起去，哼，那就不好玩啦！」

真掃興！幸虧我沒有阿爸。

近義詞

準備 → 預備、籌備、打算
心不在焉 → 失神落魄、魂不守舍
愛惜 → 愛護、憐惜、珍惜
照顧 → 照料、照看、關照
商量 → 討論、商議、商討
掃興 → 敗興、失望

二 麻煩的阿媽

　　我不知道阿爸為什麼要離開我們，阿爸去了加拿大，最初的時候，他還偶爾有電話打回來，借着問我的近況，也會提一下阿媽。生日的時候，我還收到他寄來的禮物！但後來就漸漸信息少了。這一切是怎麼發生的呢？阿爸和阿媽之間發生什麼事？說實話，大人的心思，我真猜不透。

　　我只記得有一次放學回家，我聽到阿媽在房內講電話，聽那語氣，就知道是跟阿爸在爭執。阿媽勸他回來，她的質問聲很大。她幾乎沒有留意到站在客廳中央的失魂落魄的我。電話收了線，阿媽一直閉門不出。我聽見她一個人在哭。天色漸漸暗淡下來，我的整個世界彷彿都暗了下來。我獨自一人黯然神傷，阿爸不理阿媽了，連我也一起丟棄了……後來，阿媽的嘴邊就多了一

個詞：「你那個死貨老竇」。

也許，沒有「死貨老竇」的日子，家裏更清靜。

可是，打那以後，阿媽卻變了，她比以前更緊張我了。我只要放學歸家稍遲一點，她就開始神不守舍地四處打聽。我感到很不自在，好像我是個三歲娃娃，什麼事都得她照看着。有一天，我忍不住直通通地對她說：「阿媽，我已經是個大女孩啦！我懂得照顧自己，你不要多操心了，好不好？」

聽我這麼說，阿媽並不惱，反倒眯起一雙丹鳳眼訕笑道：「等你長大一點兒，才說這話吧！自己的校服都洗不乾淨，還說什麼不要媽媽照顧……」

哎喲，揭人家老底啦！瞧我阿媽，竟這種態度……我一轉身，不理會她，走到一邊看書去。不過，說實話，要是真的沒有媽媽的照顧，我……

真的會好亂！

　　我仍是有好消息的，小艾不去，珊珊可以去──這太令人開心了！我馬上跟珊珊「雞啄不停」地在電話裏說個沒完。

　　阿媽又開始囉嗦了：「阿琳啊，你去宿營時，記得帶水杯，牙刷，野餐盒，自己去買些水果、

點心，穿什麼衣衫啊，最緊要一件事是，要記得打電話回家……」

　　麻煩的阿媽，你有完沒完呢？

反義詞

偶爾 ⟷ 每次、經常、時常
失魂落魄 ⟷ 處之泰然、神色自若
暗淡 ⟷ 明亮、光亮、鮮明
黯然神傷 ⟷ 興高采烈、喜上眉梢

近義詞

理會 → 理睬
開心 → 高興、愉快、快樂、興奮
囉嗦 → 嘮叨
緊要 → 重要、要緊、首要

三 何不趁機多玩耍

　　宿營的日子到了！一早起身時，阿媽的房還沒有動靜。反正一切都準備好了，我咬着麵包，躡手躡腳地拉開門，一溜煙地跑出了家門，朝集合地點奔去。

　　天氣格外好，太陽當空朗照，清風輕拂着我的臉龐。有領隊，有組長，成員們互相照應，一隊人馬順順暢暢地前行而去，領略大自然的風光，一路笑語。都是街坊鄰居，許多是一家一家來的。大家又做遊戲，又拍照，好不歡暢！我看見珊珊的臉龐被太陽映得紅撲撲的，煞是好看。她搭着我的肩膀說：「以後有這樣的活動，我還來啊，阿琳你呢？」

　　「我當然來！」我滿口答應，咕咚一聲，喝了一口水。

天色暗下來，海風陣陣，大夥兒坐在燒烤爐邊，空氣中飄浮着一陣陣的香味。說說笑笑間，時間過得真快。今天有失誤處，瞧，我發現自己帶了水壺，卻忘了帶杯子，帶了紙巾，卻不記得帶毛巾！只能怪自己臨出門時，走得太匆忙了。本來約好珊珊一起帶畫本寫生的，卻漏了帶一枝5B筆⋯⋯我忽然感念起阿媽，她不是一直都在提

醒我嗎，我卻把她的話當耳旁風⋯⋯有媽媽，真好。

抬頭望月，夜空清朗，銀盤似的月亮掛在當空，薄雲像湖水似地盈繞着它，月光四瀉，四野一片靜謐①。浪花輕拍堤岸，海風習習，<u>珊珊</u>吹起了口琴——哦，我的天，我忘了帶口琴！糟糕的是，手機也快沒電了！我連忙給阿媽電話：明天

---

① 靜謐：安靜。謐，粵音密。

下午到家，與同學一起，不用擔心哦！

　　我當然得把回家的時間說得略遲一些——省得我媽是擔心個沒完。其實，剛過午後，我們就進了屋村了，大家在三叉路口揮手再見。可是，我的玩興還未盡呢！好不容易有個機會，脫離了媽媽的「管轄」，何不再多玩一陣？靈機一動，我給小艾發短訊。

　　小艾的回應迅速：「來我家吧，只有我和妹妹——老虎不在家，猴子稱大王！」

　　原來她爸媽都外出了，真是太棒了！

近義詞

躡手躡腳 → 輕手輕腳、小心翼翼、鬼鬼祟祟
領略 → 欣賞、領會　　　　歡暢 → 歡快、暢快、歡樂
匆忙 → 倉卒、急促、匆匆　　　提醒 → 提點、提示

反義詞

靜謐 ←→ 喧鬧　　　擔心 ←→ 放心、安心
迅速 ←→ 緩慢、遲緩

四 阿媽在等待

小艾的家好寬敞，環境幽靜。我把露營的趣事手舞足蹈地描述給她聽，繪聲繪色，小艾羨慕得要命，發誓下次非去不可。本來嘛，這回她報名不成，不都怪她阿爸嗎？

小艾的妹妹剛上小一，最近迷上了下棋。於是，我們把棋盤打開，把音響打開，那小妹還從雪櫃裏端出沙律，大家吃得有滋有味。見天色不早，我才想起，該回家了。

在村口碰到鄰居阿婆。她一見我，便露出驚喜萬分的神色，不不，那表情簡直是悲喜交加：「哦喲，阿琳啊，你終於回來了，看把你媽媽給急的！她四處在找你嘛，幾個鐘了，說人家都回來了，獨獨你⋯⋯」

壞了！我拍了拍腦袋——手機關了。時間也

真是太快了，怎麼一轉眼就黑咕隆咚了呢？我加快了腳步。遠遠地，我看見一個身影站在街口，是阿媽，她在等我。

阿媽單薄的身子在暮色中，顯得十分虛弱。晚風舞弄着樹梢上的樹葉，也撩亂着她灰白的頭髮。我跑前幾步，叫了聲：「阿媽！」

阿媽的眼睛有些浮腫，她迎上來，似乎很想努力地笑一下，卻沒成功。

「阿琳你回來了……」她的唇角動了一下，眼睛紅了，「回家吧，我煲了湯了……」

阿媽把我的背囊接過去，臉卻轉向一邊，也許她怕我看見她眼睛紅了？她卻沒有吐一句責備的話。頓時，我心裏像是被什麼東西塞住了，緊緊的。

原以為她會惱怒地責罵我，要是那樣，倒可以讓我舒服一點……

我快步走在前面，有些後悔，又有些自責、

難過，或者害怕，我說不出是什麼滋味，五味俱全。進了家門，我跑上樓去。

　　我在心裏對自己叫道——

　　阿琳啊阿琳，你真的長大了嗎？什麼時候才可以不叫媽媽操心呢⋯⋯

近義詞

寬敞 → 寬闊、寬廣
幽靜 → 靜謐、寧靜、僻靜
手舞足蹈 → 載歌載舞、興高采烈
繪聲繪色 → 活靈活現、栩栩如生
四處 → 到處、各處
單薄 → 虛弱、薄弱
責備 → 責罵、責怪

語文放大鏡：近義詞的不同之處（二）

老師，我記得你還說過，近義詞之間使用的對象範圍也有不同。可以請你舉個例子說說嗎？

當然可以。比如故事裏的主角阿琳說：「**我已經是個大女孩啦！我懂得照顧自己**」，「照顧」的近義詞有「照料」，這兩個詞都有「關心」別的人或事的意思，但「照顧」的使用範圍較大，可以說「照顧家庭」、「照顧全局」、「照顧別人的情緒」等等；而「照料」多用在人方面，例如「照料病人」，但我們習慣上不會說「照料全局」、「照料別人的情緒」，所以它的使用範圍相對較小。

哦，我明白了！老師，你看我舉的這個例子對不對。故事開首提到，阿琳「**把準備好的表格，從書包裏掏出來**」，這裏的「準備」，雖然說它的近義詞是「籌備」，但是「準備」的使用範圍較廣，可以用在多個方面；而「籌備」則多用在活動、工作等方面，就如故事裏的例子，不能說是「籌備好的表格」，可見它的使用範圍較窄。

說得對！小問號，你能夠舉一反三，真好！

謝謝老師的讚賞，這些近義詞看起來很簡單，但用起來還是有分別的，我還要多努力呢！

其實這些知識並不須要死記硬背，我們平日多閱讀、多留意詞語的運用，把書本內容變成自己能靈活運用的知識，形成語感，自然就會知道那個詞語應該用在什麼地方、跟哪個詞語搭配使用等等。

現在我們到「語文遊樂場」走走吧！學了這麼多關於近義詞、反義詞的知識，應該沒什麼語文練習能難倒我的了！

瞧你神氣的樣子！一起去看看吧！

語文遊樂場

一、下面各組詞語應該怎樣搭配？用線把詞語連接起來。

例　豐富　　豐盛

　　人生　　經驗

1.　發出　　發展　　發現

　　科技　　遺跡　　指令

2.　開闊　　開啟　　開展　　開發

　　智慧　　眼界　　資源　　討論

看故事學近義詞、反義詞

二、選出適當的詞語，填在橫線上，使句子意思完整。

| 眉開眼笑 | 笑容可掬 | 歡欣鼓舞 | 手舞足蹈 |

1. 妹妹在一百米短跑比賽中刷新個人最佳紀錄，爸爸高興得
   ＿＿＿＿＿＿＿＿＿＿＿＿＿。

2. 妹妹知道賽果後十分激動，一邊說話，一邊跳來跳去，開
   心得＿＿＿＿＿＿＿＿＿＿＿＿＿。

| 山窮水盡 | 水落石出 | 三思而行 | 千思萬想 |

3. 這宗案件牽涉很多人，事關重大，警方不敢輕舉妄動，凡
   事＿＿＿＿＿＿＿＿＿＿＿＿＿。

4. 警方花了一年時間調查，動用了大量的人力物力，事情終
   於＿＿＿＿＿＿＿＿＿＿＿＿＿。

三、看完《媽媽在街口等我》之後，你有什麼感想？為什麼？試寫在方框內。

答案

《小公主大戰垃圾蟲》語文遊樂場

一、答案僅供參考：

    1. 近義詞：置若罔聞、視而不見等等

    2. 反義詞：勤奮、勤力、勤勞等等

    3. 反義詞：愚笨、愚頓、笨拙等等

    4. 近義詞：虛耗、糟蹋、奢侈等等

二、1. 贊同　　2. 武斷

    3. 吝嗇　　4. 鼓勵

三、B

《就怪那本英文書》語文遊樂場

一、1. 高興、興高采烈

    2. 膽大包天、無畏無懼

    3. 失落、沮喪、垂頭喪氣、鬱鬱寡歡

    4. 馬虎、疏忽、掉以輕心、粗心大意

二、1. 近義詞

    2. 反義詞

    3. 反義詞

    4. 近義詞

三、自由作答。

《神秘的禮物》語文遊樂場

一、1. 讚不絕口

2. 歡聲笑語

3. 一落千丈

4. 形影不離

二、1. C   2. B

三、C

《媽媽在街口等我》語文遊樂場

一、答案僅供參考：

1.

2.

二、1. 眉開眼笑 / 手舞足蹈

2. 手舞足蹈

3. 三思而行

4. 水落石出

三、自由作答。